请昙花慢些铺进一个梦/看它三面潮起/百年水逝

易碎品

Yisuipin

阿仁/著

黄河出版传媒集团
宁夏人民出版社

图书在版编目（CIP）数据

易碎品 / 阿仁著．-- 银川：宁夏人民出版社，2023.4

ISBN 978 - 7 - 227 - 07804 - 3

Ⅰ．①易… Ⅱ．①阿… Ⅲ．①诗集 - 中国 - 当代 Ⅳ．①I227

中国国家版本馆 CIP 数据核字(2023)第 061529 号

易碎品　阿仁 著

责任编辑　杨敏媛
责任校对　陈　晶
封面设计　文飞燕
责任印制　宋　华

黄河出版传媒集团
宁夏人民出版社 出版发行

出 版 人　薛文斌
地　　址　宁夏银川市北京东路 139 号出版大厦（750001）
网　　址　http://www.yrpubm.com
网上书店　http://www.hh-book.com
电子信箱　nxrmcbs@126.com
邮购电话　0951 - 5052104　5052106
经　　销　全国新华书店
印刷装订　四川金邦印务有限公司
印刷委托书号　（宁）0026205

开本　880 mm × 1230 mm　1/32
印张　5
字数　120 千字
版次　2023 年 4 月第 1 版
印次　2023 年 4 月第 1 次印刷
书号　ISBN 978 - 7 - 227 - 07804 - 3
定价　38.00 元

心灵的救赎与精神的守望

三色堇

阿仁，是一位生于黄河口的诗人，我们未曾谋面，一次偶然的机会，一位老乡向我推荐了他，让我有了一次认真翻阅他诗歌的机遇。后来，在不断的交往中，我读到了他更多作品。阿仁写诗三十多年，因为工作停顿了十年之久，诗集《易碎品》是他回归后的第一本集子，成熟的思想和卓越的想象力，打消了我最初的质疑，“读诗，是一个生命对另一个生命的聆听”，从他的诗歌中我能感受到他真诚、沉稳和充实的内心。短制，内敛，深邃，充满了极强的辐射力，像是箭在弦上的一刹那，给人带来意想不到的发现和出人意料的相遇，在这些精练的短句中，他给了我这样的阅读感受。

当意识不能触发灵感的时候，纯粹的表达就彰显出作者最深厚的功底。而“成熟的表达就是对精神呼唤的一种回应”，正如我们需要用语言来诉说内心的情绪，这种诉说最终体现了作者的驾驭能力。“他说，一生就是一次/自由落体/苍天在上/十六岁的少年/闯入一个虚无之名//他只修习风的身法/密密麻麻的瞬间/都是/破碎的尘世”（《雨滴》）。文学作品里写雨的作品很多，在这里我不得不说这首小诗彰显了阿仁的与众不同，表现了诗人敏锐的感受力，情感内敛而强烈。一种物质，很好地呈现作者内在的精神视野，这是真正的书写而不是技巧，更不是自作多情，他剔除了在叙述上的寡淡，给读者带来的是阅读的愉悦和启迪，是质感和温度。“真正的诗歌艺术不是单纯的歌颂愉悦或者简单的描述，它应该是预言”。

面对生命，诗人阿仁常会在叩问声中自省“人们火中取水/并将手中的烈酒/移至大悲寺的/诵经声”（《清明》）。面对命运的坎坷与无奈他会自嘲地说“沧桑/原本就是/一首美丽可读的诗”。这需要怎样的胸怀才能有如此感悟。我认为他完全是一种超脱了自我的精神本源。诗，需要发现，感悟，捕捉，最终发出自己的声音。

叶芝说：“有话语力量的诗人，要敢于重新处理被别人处理过的题材。”对于故乡的描述早已不再是什么新鲜的话题，而阿仁却能用质朴的语言传递不一样的生命的意义。多变而饶有意味的视角，丰富的想象，使得他的语言夹带着风和闪电呈现在你面前。

“故乡的记忆已让我遍体鳞伤/泪水在风中裹住双眼/让我无从跋涉晨光里的旷野/放逐的诗行落入梅园深处，仿佛/古人与我对视的沉默”（《冬天，是秋风里一叶流年》）。无论是墓碑生出的思念还是河流内部磨平的潮起潮落，无论是百年逝水还是一个人的诗行划破天空，无论是面对没有城池的江山还是手捧法器的巫师，抑或是一个异乡的词根，所有的指向无不诠释着诗人内心的波澜与呼唤。是的，他用这些碎片构建了一个属于自己的精神世界。“语言在抖动”，心灵的救赎惊动了诗人，在不断的叙说中寻找它，呈现它，回望它，这是一种发自生命深处的言说，我们在品味的过程中，会迫不及待地奔向他的所指。

在阅读了阿仁更多作品后，我惊奇的是他的古典诗词写得也让人刮目，凝练的语言、绵密的章法、充沛的情感以及丰富的意象在低吟浅唱中表现生活和人类的精神世界。我越来越感觉到他受古典诗词的影响极深，也许正因如此，我发现他在处理语言与事物的同时都有属于自己的内在节奏，他有能力将情绪、思想、境界、词语的搭配融为一体，“这是考量一个诗人水准的可靠的尺度”。

阿仁的诗歌最终让我领略到了一种坚硬、干净、内敛的书写气质，他关注的是生命和生存的力量。在呈现了诗歌语言的纯洁中，更为执拗地坚持着精神的守望，在既惊奇又透彻中反观自我，并赋予词语毫无保留的信任，我期待在高度的自觉和顿悟中他的诗歌会变得更加厚重而饱满。

2023 年 1 月 6 日于西安

目录>> CONTENTS

请昙花慢些铺进一个梦

看它三面潮起

百年水逝

——《易碎品》

镜子是凝固的时间

你可以演绎感动
或者落地成殇
也可以想象它定格流年
如果置身诗海

我是一座向光的站台
被时间
一次次改写

见诗如面

再一次理解
斜阳倦落笔端
草纸安于渺小
我不确定这些诗如燃烧的青春
还是
一个儒雅青年
因为羞赧
而蛰居暮色的情书
孤影空持琵琶

天际尚远，别来无恙

我的山水只有一种姿色

沧桑太浓，烛火太轻
在黑与白的空缺处
微风不请自来

谁的眉间泛起一波
又一波柔情
宛如珍藏的画卷

那破空而出的平仄
是我唯一的季节
天高，水阔

千江月

千里江月，云水禅心

一盏心灯
点燃远方菩提
头顶苍穹
双手合一
立于千仞之间

古琵琶荡起一江春水
弹奏万里无云
江月千里弦上
与我
一曲天涯

生活的背后

跌跌撞撞的诗行
滴落一个
夏季的心事
我是被黄昏寄存的情人
卸下所有
遗憾

千万滴雨皆是
忧伤的分身
穿街过巷
丈量
谁的眼神

我们不能从夕阳中折返

落日被山中沟壑
渐渐收起
仿佛我的影子推倒自己
在一条单行道上
测试无常

绿荫下的长椅
空出整整十本日记
只是月色啊
已无法与你浓淡
相宜

不速之客

一条突然吞噬一个人的
空巷
让你伤了视力
和肋骨

柔弱女子踏歌而来
她筝弦的体内有火山

你跌撞在暗夜
与灰烬之间
像一截
残诗断句

残　荷

寄货店里的旧座钟

民国女子告别旧上海时的
妆容
它将代替湖色辗转
被一滴冷墨
葬在白纸的角落

如果四季轮回只是一瞥
爱或遗忘
都是落日的
慈悲

江河的内部

九曲蜿蜒
是为了放慢脚步
让年少轻狂
沉于左岸

鹅卵石，磨平潮起潮落
是为了一念横塘
让吃尽苦水的人
与时间
彻底了断

墓　碑

大雁掠过几片云朵
拐过落叶的余音
停在石头上

这些白色的温柔事物
仿佛天涯
只一眼就生出
思念

易碎品

月色太薄
稀疏的鸟鸣
坠落水中
波光送走藏着
信件的人
我在秋的背影里找到
弦的形态

请昙花慢些铺进一个梦
看它三面潮起
百年水逝

阳　谋

当一座城被大雪
雕成命运
我们在光折射的部分
看乌鸦飞走
听楼群制造一条路
稀薄的呼吸

一个人的诗行
划伤天空

独木桥

凭空独枕
立于水天
每一次驻足
都是我诗行的痛吟

站在离人必经之路
仿佛天涯比邻
一湖水
撑起沧桑的
脊梁

擦肩而过的名字

那样金色花瓣般的黄昏
从身边凋落
仿佛闪烁的命运

那天的夜晚
没有月亮
也没有梦境
仿佛
一撮土祭奠的
半块瓦片

虚构一面湖水

固执地成为
一场雪
宛如凋落的云
在天地间
游走
为寒梅幽香甘愿
折断须茎

拂岸烟波
又漫绕谁的
指端

花声翻合着日子

流水顺从风
也顺从它搬运的花香
我用三碗米的余温
心生热爱
从一个梦进入
另一个梦境

春天尚有苦楚
桃花也是
唱诗班的行礼人

非幻觉

一缕疼痛
仿佛划过夜空的流星
身影弯弯
我的诗行越来越细
像秋天
伸向沉默的低处
林间小路
直到
荒芜

独 白

夏日第一场暴风雨
如同轮回
青春的痛搁浅于
茶事

书案爬满了秋天的影子
煎熬的身躯
还会在雨中相遇

我将在城市的最前沿
放纵金色记忆
独自上路

空瓶子

失声痛哭的
是青春

不是漂着几块豆腐的汤
不是一瓶廉价酒

不是穿梭于
大街小巷的游子
和一首《酒干倘卖无》

我是叮叮当当的少年
攥着一只玻璃星星

水到绝境是风景

古船之上。水天
载一盏灯火明灭

翩若惊鸿
红巾翠袖滴落一曲
千年相思

明月眉梢升起
轻舟一楫
云卷

凋　落

盛夏如蝶
吟者的风铃在窗前作响
多情演绎的夜
月光未曾饱满

香吻错过一季花事
让不期而遇
滋生一地纷扰凌乱
没有约定的诺言
最美的花期
痛失一次绚丽蜕变

寻觅的脚印或深或浅
一抹新绿，几多红颜
光影寂寥
愿相逢一场细雨中
在你触摸的一瞬
凋落

时间是洗不掉的药渍

你眼底
灰影飞奔
像远古的南天门撕破
大千一角

梦如虎
瞄准你喉间的
晨钟暮鼓

饲它的太阳斑一念万里
星深月浅
茧中丝
被轻轻吹起

当万物印上你的痕迹

我未曾愈合的伤口
仿佛曾经的某一时刻
柳叶含在嘴边，鼓起双腮
清脆的声音隐匿聚散
像我们轻轻诉说的相爱
是空气中蛰伏的离火
独立雨后小巷
风车还在转动昨夜清寒
耳旁弥留着落花的声音
五月姗姗来迟，邂逅黄昏
赶赴一场更为热烈的相遇
杨梅滴落酒杯，泛起六月热情
车神被古老的火把点燃
那隔世的种子
又怎样撒下今生芬芳
怀抱一地金黄

不留背影的风

越来越远
南雁清脆的鸣叫
探入童年小镇
一点日渐模糊的
星光
和寂静

一个异乡的
词根

如果相和的琴音渐远，我是否

还会陪一片落叶

静待晨曦

——《如果可以》

只此青绿

柴门虚掩
苍苔慢慢伸直倔强
春天被儿童手中的风筝
牵起明媚

陌上花开裹紧时光孤独
烟雨江南滴落
一湖平水
晕染绵延与雄峻

弱水三千，繁华三千
只此青绿

雨 滴

他说，一生就是一次
自由落体
苍天在上
十六岁的少年
闯入一个虚无之名

他只修习风的身法
密密麻麻的瞬间
都是
破碎的尘世

人间的秘密

悬于枝头的是
断桥上的
一抹秋
宛如隔世锦书
在呼吸间
香消
红褪

止于唇边的
也不过
天涯孤旅

守　候

守候植物园的沉默不能表达
春意萌动
青石板似乎渗透一湖平水
琵琶与莲的相遇
终是一壶孤独

仿佛古井悠悠的
辘轳声

摘星星的人

玻璃碎屑掉进夜
你看见的真相
是三色纸片
是眼神懵懂

你看不见的
红尘闪烁
是诵经声中
故人遗落的
万花筒

落在水里的雁鸣

划过长空
划过厚土
芦花便次第
白了

恍若我
鬓边的呼唤
奇迹般
寻得
我

城市浮在半空

藏了一个冬天的情话
选择别样的方式
落地生根

于是
我站在水的低处
天空触手可及

喜鹊叽叽喳喳
像个吵闹的孩子
柴门关不住春满枝头
我的城市
雾里
——看花

青铜器

鼎。礼
铁齿铜牙
从千年雕刻到
未来

从土里嵌进玻璃罩

我看见溃烂的
铜锈铁屑
虚空里铺地的
奴隶史

早春的街头

青绿落在二月
柔软的发间
城市的夜晚仿佛
一场春恋

小桥流水邂逅
灯火阑珊
年少辜负的时光
正被晨曦
唤醒

陌上花开

细雨润了三月的衣袖
让沉寂已久的诗文
渐渐苏醒
在我的咖啡作苦之前
小花们盛开且落入
城市的行囊

那纷至沓来的每个
夜晚和我
是不是都被陌上
爱着

我们的距离如此忧伤而美丽

错失樱花的热情
雨在对岸挖走
一块天空

误入歧途的是眼睛

悲伤苍老如一把
油纸伞
那巷子里摇曳的腰身
是一个
关于草长莺飞的
梦

月亮的碎屑洒落大地

大风后的平原才配得上
毫不知情的月光
像斜脚茅屋发亮的
白须
被一双双干枯的手
带入大片倒伏的高粱地里
那样无声无息地
闪着泪花的
波浪

另一种时间

如果不是字里行间那
一杯茶的味道
孤独就不能遇见
满目星辰
夜的余温恍如昨日
我指上的
细细
——流沙

生活只是一种诡计

一场雨惊醒吉他
少年从草叶间起身
无法辨别梦里是春天
还是秋夜
石板路潮湿的音符
旋涡般涌出
一个人的往昔
仿佛
釜中糙米

我站在江边
看天空
泛着深蓝

拥有一个透明的窗口

那些不眠之夜
是一个严冬
安静地收藏了
爱的历程
仿佛霜
平静地阅读
一块玻璃

那些漫长的时光
将被窗内的一块疮疤
倒叙

释　怀

拒绝雨天打伞
拒绝在巷口候车
你奔波以博取烈酒
沉默以掩埋颤抖

一座小城
是异乡人半生的
泪水

现在你躺在白纸上
承认自己
是一篇悼词

花　信

春风阔别飞鸟
绿皮火车也不再鸣笛
此生我厮守梨树枝头
衬托它洁白的花期

那一句“等你”
兀自穿梭在大街小巷

有时是花瓣簌簌
掩埋蝶梦
有时如密密麻麻的啜泣
惊醒故人

光

面朝大海
风车淹没了脚印
故事在一个人眼底打转
我在寻找
一扇窗

你御风而来
诗囚打开了心房
能不能陪我赶路
装下所有的
沧桑
与悲伤

问苍茫大地

已无青春可以消耗
我就放任自己与一张
白纸务虚

解不开一篇
没有城池的江山
一缕炊烟
也成了魅影

当我的步步惊心
遇到黄土长久的沉默
王与历史
都是石头里
手捧法器的巫师

片刻的宁静

寒秋的清晨
柿子还在枝头泛着清霜
留给风中一季孤独

湖面的光折射着行人袖口
像一只饥饿的麻雀落在肩头
让你心生脆弱怜悯

冬天的荒芜已逼近我的梦
让梅间的心事留给一场雪吧

穿过黄昏
那落满树叶的小路和木椅
仿佛我怀念的
一位故人

黄河口之恋

从青藏高原到渤海，一路向东
我目睹了它的到来
它蜿蜒曲折载起两岸苍翠
仿佛告诉世人它亘古的传奇
“君不见黄河之水天上来，
奔流到海不复回”
生于黄河口，是一件幸运的事
我已记不清从什么时候喜欢上了
芦苇和碱蓬草
也许是因为它独有的风情
让我陶醉驻足
那百川入海的雄浑与沉静
让满怀好奇的客人漫步金秋十月
阅读红毯思念
天空掠过一行大雁
一种向上的力量耳边回响
让奔赴的脚步
如同芦花飞雪跳动的诗行按下
滩涂黄沙

如果可以

秋风拂过
白萍花日渐衰残的水面
月色低回
梧桐的影子
像断鸿

如果相和的琴音渐远
我是否
还能陪一片落叶
静待晨曦

一只陶罐

和两三个夏夜

溢出麦田安安静静的金黄

——《小满》

雨　水

一场雪终将
收起它
苍白的脸颊
梅花掠过行人肩头
春泥里暗香
揉碎
续写大地的丰盈
与酣畅

跳动的生命音符

春夏交织
风续写的量子纠缠
在我和一众草木间翻转

阳台里的栀子花和小区的灌木
同时接受了雪的
欢爱

你以为泥泞是个坏消息
像极了一粒
落单的雁鸣返回
天空之弦

低　语

土壤松软
油渍不能让农具
重新拾起光泽

新绿是跃上枝头的芳华
试图栖于
野草覆盖的
村庄

布谷鸟掠过
照见那人沉寂般
枯坐

春　分

春雷让出位置
玉兰
杏花
桃花
纷纷列队相迎

当蝴蝶拨动少女的发丝
昼夜平分
一帘
心事

谷　雨

从黎明的泥水里
确认一座庙
像田埂重新印上插秧机
往返的思绪
映衬五谷进化时的
阳光

像曾经拥有金黄身体的稻草人
躺进大地时
即将溢出眼眶的
寂寥

芒　种

麦浪在浴火般的热流中
化作
金黄坐标

颗粒归仓的
田间地头
泛起一片深浅叠加的
牛蹄
——印痕

清　明

总有一天
你会害怕雨后
幽寂的小路
比秋天最后荒芜的草丛
更深

人们火中取水
并将手中的烈酒
移至大悲寺的
诵经声

小　满

杨梅滴落的江南
是信物
埋藏心底

一只陶罐
和两三个夏夜
溢出麦田安安静静的金黄

清秋谣

秋色剪直白昼
与黑夜
连同落在指间闪动的
繁星

一首诗平阔
一个人填满
一座城

花果注定会坐满整个秋天

直到那片
银杏叶间的光芒
飞至眼前
我才从枯萎的日子中醒来
若不是转过
一湾溪水
那片花海就辜负了
拜山的人

只是这红尘易碎
它金灿灿的尾音挂满
秋梨的枝头

天色越来越瘦

节气被荒草覆盖
南雁擦拭着
故乡的天空

尘世抵住我
一缕金黄大地上的
迷雾
一行悬霜
而绝的足印

立 冬

枯荷在池塘垂下思考
向死而生的凄美
让摄影师大肆拍下风中
绝唱
沿路的风景逐渐
变得模糊起来
耳边传来的那些坏消息
随之掉落
一片树叶伫立
夜的边缘
仿佛告别秋天
最后一场
谢幕

腊　八

这一天
故乡常常窜到梦中
童年的笑靥
在泥土里打滚

这一天
突然被拆得斑驳
如行色匆忙的脚步

一碗粥盛着多少沧桑心事
像覆水
无力跋涉曾经的
温柔与寂寞

我独自穿越的秘境

演绎江河不息
如同一滴水
在四季里游走
春风般铆足开端
结局便是
严冬

枕上落叶
看不到荒芜的影子
钟情孤独的人
擅自闯入
未知
意境

寒雾将淹没十一月

一道道灰白屏障锁住十一月
让山川异域重生朦胧之美
让昏黄的心事绝唱于
千里之外
让秋天的故事越来越模糊
岁月匆匆
仿佛当年东坡夜饮复醉
三更归来的感叹
“长恨此身非我有，
何时忘却营营”
一杯酒可以斟满疲惫
如同我零星的词语收起
落叶的慈悲
刺痛今冬的相遇

冬天，是秋风里一叶流年

秋风带走一路金黄
也带走一叶流年。入冬的呼唤
一场大雪如期而至
一只鸽子停留在被覆盖的尘世
它的羽毛和雪一样无瑕
我从来没有怀疑过它的圣洁与空灵
如同没有怀疑过这沉寂的相遇
城市在折射的光影里渗透洗礼
故乡的记忆已让我遍体鳞伤
泪水在风中裹住双眼
让我无从跋涉晨光里的旷野
放逐的诗行落入梅园深处，仿佛
古人与我对视的沉默

沧桑

原本就是

一首美丽可读的诗

——《自嘲》

哪一种鸟更像诗人

黄河口
是鸟的天堂
是白鹤的“驿站”
一只，两只
无数只
临水争栖
蒹葭对望
仿佛婆娑漫天
我要用怎样的方式
去迎接
一种生生不息的眷恋
云烟
而或苍茫

托起天使的名字

早产儿的急促和灼烈
似乎托起一个童话般的
世界

一场久违的相遇
屏退
这个冬天的衰退
和慵懒

羽　毛

自从有了网络
它就越飞越低
搭载的事物
自虚空中暴涨
有时是礼服、钻饰
更多的时候
是道路越来越蜿蜒的故事

我掸了掸衣服上
似乎摇晃着的灰尘
如同看见
那些跪在佛前的人
把手伸向
梦里

江湖注解

鲟鱼跳出江面
浮萍漂散湖水
这世间
微不足道的挣扎
居然应和了黑木崖的
刀剑之气
罡风过于庞大
除了掀翻两岸旧事
还在转弯处立下青石林
像无数沧桑的眼
按下千里
黄沙

布道者

十字架上的神
像一种时空限制
说人们膝下的
一万种机缘
都在泪水里
有时是他人的白眼
有时是自己的鲜血
最后是
一道闪电里的
一团烈焰

一块豆腐

千万粒
饱满的豆子
磨碎
一池清白

又是以
怎样的欢喜
装点出
一道道舌尖上的
江山
与红尘

夏　夜

从星星中
取出波光
从逝水里捞起自己

人间是天空的
背影深深
容我如莲心事
一湖皎白

蝉

只需要一片叶
丈量热爱
沿着麦子挺拔的身姿

乡间小路
让出山河、天空
一支歌
有了一双透明的翅膀

天涯寥廓
每一个金秋
都曾是泥土的
劫数

公交站

四季更迭
拱手相迎
车水马龙间摆出
形色各异的
方阵

片刻停留
仿佛长亭短亭
坐拥
一个人的别离
与重逢

荷之韵

未曾绽放
清浅之间就赢得
一抹艳遇
许我开满盛夏

穿过三秋
在冬季来临之前
俯首道别
雕成人间最殇的风景

思念，如此之美

幕 布

它褶皱间的朦胧之美
游走于
黑白之间

沉寂如此盛大
完美的人生
无非一帘
曲终
人散

手 相

人们相信命数
在纵横交错的掌纹之间
我相信内心的江河
就是暴起的青筋
两张网常常重叠
有时捞出三餐
有时捞出星月影子里
那山重水复的
沉默
与玄机

穿梭在都市与乡村之间

穿梭在都市与乡村之间
冲动与落寞相随

青春易逝的纠缠
看不到亮丽的风景

一份久违的沉淀
诗人躲在一个黄昏里
哭泣

葵园，穿过生命的烟尘

盛夏似火，向阳而立
大河上下晕开一抹娇羞。宛若
江南采莲的女子泛舟而来

穿过黄河大桥一线之遥
我看到了时光川流不息和岁月静好

穿过金色烟尘与生命的绽放
起身后的头颅更加低垂

仿佛一颗颗饱满的泪珠溢出的忧伤
在流动的光影里
放任一季孤绝的凝视

春天，让我走进你

煎熬了一个冬季
我不知该用怎样的目光
与你对视
让我在盛放的春日慢下脚步
重新拾起大地的饱满

桃源深处，牡丹亭外……
我用一个脚印的长度丈量丰盈
你着裙而来
陌上开满了洁白与高贵

我从来没有追溯你的花期
只想，用我半生的孤独换作你
袖口的柔美
让所有的感叹与泪水
在你清漾的眼眸中逐一沦陷

一座城的心事

月光透过消瘦打碎
一隅孤独
夜于指间拉近
又被推向指间以外

背影深深洒下
黎明一座城寂静
无眠
心，褪去欲望

八月的思绪

一束莲的凋落
装点出世间青花
角落沉寂
不失古朴典雅
望而却步
仿佛昙花一现即逝的美丽

黑夜惊醒了我的眼睛
时空填满记忆的
陈旧和细碎

八月，思绪如潮

梦里做一阵风

你驻足秋色
宛如一道彩虹
横空出世

回眸间
月光穿过竹林跌入山涧
瘦长的相思
生出离人肩上
滑落的泪滴

一场暴风雨袭来
打碎前世旧梦

思绪在午夜燃烧

不惑之年
忙碌的脚步
时光来不及伤痛

西服革履紧锁的四季
疲惫在袖口滑落

回看天涯一轮明月
流浪不再清贫

抬头细观太白登高图
那烟花三月
孤帆远影如同宽袖长衫
满面胡须的我
水天与共

深　扎

弹指间
一本旧台历合上
几许孤寂
与深情

春风化雨
脚印泥土里深扎
无为复活人生
新的标签

在花声翻合的时光里
缝补，重生
向暖

我在夜里眺望菊花的白

这月下的一阙清词

指认苦吟

——《秋思之痛》

故园无此声

落在故乡的雨水
代我走街串巷
坠入童年的梦魇
是命运手握奶奶的呼唤

谁划出灰云的
发际线
像沿着石阶消散的
我的
——乳名

秋思之痛

梧桐树下挤满
秋的身影
昏黄的心事
慢慢枯萎

为旷野填写参照物的人
留下风

我在夜里眺望菊花的白
这月下的一阙清词
指认苦吟

奶奶的生活

很多年来
奶奶生活很有规律
早上把水烧开，打上两个鸡蛋
加一勺白糖，少许香油
十点后泡上钟爱的茉莉花茶
午睡过后，奶奶去串门
聊天，打扑克
傍晚，奶奶拿着蒲扇
坐在巷口乘凉
夏天都过去了，秋天都凉了
奶奶还在巷口
扇她的蒲扇

奶奶的拐杖

从我记事起
不管是早晨还是晚上
奶奶总是面带微笑
日出而作，日落而息

七十多岁的奶奶
裹着小脚的奶奶
住在后院的奶奶
十多年来，她用一根拐杖，牵着一条又窄又长的胡同
一次次目送我出行到街头

奶奶，脚步蹒跚的奶奶
许久不肯离去

姊妹情

奶奶姊妹八个
他们对生活的记忆
只有部队和农村

那年，爸爸陪奶奶踏上了回老家的火车
一路念叨着她的大哥
那个身材高大一身弹片的大哥
那个曾经被很多人悼念的大哥

后来，我和一块羊皮褥子
感受奶奶与她的弟弟的亲情
也曾和奶奶一起
为时隔六十年的一场重逢不尽悲欢

当奶奶慢慢说起她的妹妹
说起她远在千里之外
几乎双目失明的思念
我忽然觉得
人生，仿佛就是等待和聚散

兜　风

迁居县城崭新的楼房后
奶奶像被忽然拆了的村庄
安安静静地空着

她苍老的容颜
让我想到那块土地上
祖祖辈辈劳作的身影
让我想到风
想起奶奶的龙头拐杖

和她叠在岁月里整洁的手绢
仿佛那个初夏的那天
奶奶的倾诉和叮咛
这么多年，一直在我身上，飘荡

奶奶的人生

我的奶奶和别人家奶奶的称呼没两样
只是我奶奶的人生多了几分孤独与凄凉

她出生在河南台前一个叫孙口的大队
十二岁随父母逃荒到了山东
而后出嫁、生子，过着平凡的生活

那年奶奶正三十，爷爷不幸伤风去世
我爸爸六岁，姑姑四岁，小叔两岁
炕上还有年迈的婆婆
第二年小叔又被饥饿夺走了生命

奶奶含辛茹苦
奶奶没上过学。奶奶热爱集体，热爱劳动
奶奶加入了中国共产党
奶奶是人大代表，先进工作者，三八红旗手
奶奶子孙满堂

2016 年农历八月十四日上午 10 时 06 分
奶奶走完了她九十五个不平凡的春秋
安详地驾鹤西去了

每逢中秋，我总会站在窗前眺望
我知道奶奶一定也在天上看着我
给我和亲情与爱，一个最慷慨的理由

乡　愁

一封长在心里的情书
需要留给梦
一个重逢的宅址
我醒着的时候
她疯长

我低头的时候
咬紧嘴唇
我怕
她冲破梦境
所有的季节都
泪眼蒙眬

钓故乡

银线竖立的水面
仿佛老屋
与中年

苦坐江湖的人
垂下
百年孤独

昔日，故乡拥我入怀

夕阳被沟沟壑壑
收起疲惫
黄昏挂在门上

秋风瑟瑟
荷塘月色里的最美相遇
空留一片沉寂

长夜轻吟
告诉每一位路人
昔日，故乡曾满园春色
拥我入怀

此刻，我想静静地待一会儿

公园顺从四时的变换
盛夏似火赢得秋风入怀
错失一季花开
丰盈垂于枝头

闲坐黄昏
石榴，大枣笑脸相对
周遭比平日安静了许多

此刻
我想和它们多待一会儿

站在岁月淹没的巷口

故乡的记忆，摆出整整十年的距离
童年搭载的背影日渐模糊
让回家的路变得越来越窄，窄得容不下
我疲惫的脚印
也许是为了路旁喇叭花那一抹微笑
让我心生波澜
废墟下，瓜蔓倔强地伸向外面
像诉说尘世的孤独
一棵梧桐靠近残破的墙壁向阳而立
似乎守候这片久违的土地
池塘被一层厚厚的绿萍覆盖
我用打湿的眼眶收起昔日宽广
站在岁月淹没的巷口
一片芦苇遮住视线
四季的行板散落着我柔软的灵魂
和草丛里遗留的一块碎瓦片

锁 孔

像盛满昔日瘦长记忆的巷口

沿着裂缝里时光倒流
那样柔软的故乡
还要等多久
让我转动
指间的
沧桑

看见你

坐在一盏灯下

我仿佛纳兰词的光晕

——《当我爱你》

当我爱你

隔过村头那棵树
隔过寒风
隔着当年单薄的身影

我看见乡间小路
水和粮食
都带着花开的声音

看见你
坐在一盏灯下
我仿佛纳兰词的光晕

信　物

是一块
手帕的十六岁
揉皱了
兜底

是一支钢笔
挂在胸口
痴如
——鹿撞

雨水来信

我知道
你就是那个站在城市街头
等待的人
那个一直想
仰天叹息的人

等闪电和雷鸣
一同到来
那个混淆了泥水
与哭泣的人

你需要一面镜子

停歇一个温柔的起点
小小村庄含着
无形于人间的秘密
一本书
两句话

它向光的部分是座站台
拥有清风明月
影子里的水木年华
亟待忘了
再忘

海浪咏叹

宛如天空流动的云
借用蓝
筹建一场呐喊

顺风时穿过世上
所有的路
退潮时
洗礼一个徘徊的
陌生人

你不过是每一个孤独的瞬息

不是所有的奔跑
都在雨中
不是每一片飞花
都如期而至

我是匆匆过客
跋涉于孤独
我是瞬间
瘦回时光的记忆

我听见一粒沙子的叫声

站在秋天看海
就是把世界
涂成蔚蓝

跳出画布的沙粒
仿佛
眉眼弯弯的人儿
失足爱情

绝　句

落花时节
仿佛雨中低垂的泪水
浸湿人间寂寞
让踏青的小路离你
越来越远
黄昏苍白的诗句
一别如斯

残香溢出枝头
倒挂的银钩
刺破午夜喉咙
在一个梦想抵达之前
一个梦
随之凋落

寂寞的雨巷

是谁在长桥上眺望
又是谁在淡淡的烟雾中走来

芳草天涯
是谁让清露打湿了衣衫
又是谁在驿馆之壁
题诗抒怀

灯火阑珊
背影之外
是一条寂寞的雨巷

久违

一条石径，一片落叶
一度秋的思念
仿佛走过岁月
曾经暗淡的记忆

哭泣你在我心中的方位
勾画梦中你的身影
向我走来
聆听不眠的枕边
我苦写的寄语

提起画板，背起行囊
看潮起潮退
几番失落处终于
在一个小镇的闹市上
寻觅到了你一本
薄薄的诗集

凋零的爱卷

是不是，在那么一个季节
与你相遇。又在那么一个季节里
我站在雨中，目送你远去的背影
道一声珍重，还是
相识再也不曾重逢的开始
愿为心灵解惑却步入从来没有的告终
在喧哗的街市中间
去充当最嘈杂的部分
是漂泊一生疲惫所追及的归宿
为不堪回首的昨日论证
梦寐以求的容颜
追寻到最后，让她改变
撰入历史的续页
阅历在一种无约的空间里
往日那飘落的温馨
成为心灵泥泞的泡影
让爱的星座徘徊在夜的十字
随着时间的隔离
布满我，爱情的白卷

无意的绝美

陈旧的院落
丰富了沧桑的心事
记忆散落一地

期待，细雨三月，一把伞
打开心窗

月光时常被彻夜的话题说亮
青春的苦涩溜到梦中
化作甜蜜

而照片中你的无意，无意中
你的兰花指，惊现了
绝美的一瞬
和一世的绝美

选　择

选择在这孤独而又苍茫的冬季与你离别
不知道在今后的日子里如何忍住悲伤
让我无法从你闪着泪花的眼眸中乍然退场

犹如草叶间滚动的露水生出的慈悲
让遗失的爱在风中迎刃陡峭

放弃用翰墨丹青的形式抒写人生
换作另一种修辞放下长久的枯寂与执念

在诗与诗之间保持素朴或浓重
满怀虔诚和悸动
让足够的时间阐述我内心的沧桑与多情

风中的陈述

如果人生可以复制，青春按下暂停
那么我会放下所有的忙碌和理由
守候在你必经的路口

我会在夕阳下一直等你
等一抹月色洒满洁净与浪漫的光华
不为错失年轻的美丽心生歉意

纷繁的心事仿佛坠入冬的萧条
让莫名的伤感
收起我如歌的岁月和风中的陈述

我只是一粒尘埃

不知还有多少梦没有被唤醒
也不知有多少年轻的时光未曾拾起
让我在斑驳的影子里独自徘徊
让我用一生的时间去拥有和忘记

我只是尘世间的一粒尘埃
我不知用怎样的真诚触及故乡的背影
也不知需要多大的勇气回到原点

月色皎白，晨光半醒
请允许我余生撒下一路清澈与安宁
用坚定而又柔软的灵魂穿越爱的屏障
为每一个因你而心动的瞬间喝彩
捂住我苍老孤独的中年

时光的潮

尘世纷扰，让我慢下时光的潮
在岁月的空白处镶嵌一道诗写的炽热
唤起一杯浓茶烈酒放纵孤独

仿佛一块沉默的石头雕刻尖锐
凌乱的胡须遮不住雪的忧伤
我的叹息在飘零

不确定那暮色里低垂的风情与我无关
散乱的内心风一样怒吼
只为今生高贵的相遇丰盈落地

月光诗阕里盈亏

让我填饱皮囊

跋山涉水，演绎苍白

——《生活启示录》

天空之书

掀开江河深处的呐喊
置身大自然裸露的碰撞
心生天光水影
征雁啁啾与空灵之境
放任远古的
次第秋思

试剑石

云淡风轻牵起晨钟暮鼓
把酒疏狂
冰刃间划过一道流星
双壁而立站成
千年风景

纵有塞北游牧
长白天池
也难抵烟横华岳
玉碎昆仑的
空里凝望

生活启示录

生于渺小
不甘苟活
诗与远方置身彼岸
取一瓢湖水苦涩
化作一滴眼泪

月光诗阕里盈亏
让我填饱皮囊
跋山涉水
演绎
——苍白

秋风词

画帘低垂
筝弦两三声
江流之上是你的背影

枫红，菊黄
梧叶，清霜
在丰盈的眼皮底下凋零
演绎出一个又一个
相聚和分离的
片段

雨是寻常事

一只麻雀撞在空明的
玻璃上
风中掠过一丝浅痛
轻盈的姿态被温情夏日
打湿入骨

而我在古时那场过江而来的
浙东飞雨
会怎样唤起这满山飞漱的泉水
唤醒沉醉的谪仙和
一樽溢出的
西湖

因为悲伤

是谁在骤雨初歇的黄昏
枯坐
是谁在四季的行板低吟
任由无数思念
丰盈落地

又有谁才配得上拥有
把酒相对晓风凄冷
残月破碎的
柳岸
之吻

孤岛书

轻燕斜飞落入春的怀抱
看阳光里绿得纷飞和
玉兰花开
诗与远方只如初见

而我置身孤岛之上
四面环水淌过岁月于
峻岭深处
寄半山烟云
一壶清欢

汨罗江洒满离骚的余音

站在汨罗江边
飞龙洒下端午追思
让我再一次感受先人
原本的模样
“路漫漫其修远兮，
吾将上下而求索”
我用一句诗的距离撞击灵魂
那垂地怀沙痛吟落叶
仰天抱石的长叹
宛若惊鸿。将日月风云
香草清华化作一身
白雪。唱罢千年辞赋

蛇山，守望逝水东去的走向

千年钟鼓泛起心中烟波
让慕名而来的游客伫立蛇山之上
铸铜的黄鹤映入眼帘
牌坊，轩廊，飞檐和胜像宝塔
列队相迎
让这个季节充满惬意与深情
临水凭栏，披星戴月间苍茫欲动
祈愿日暮乡关的忧思落入
这尘世悠然
樱花十里已开满晴川阁外
倚天极目让我跟紧
逝水东去，浪花淘尽英雄的
方向。沉下亘古诗意

一个留着胡子写诗的人

一次无意划伤，让三十年前的我
早早留起了胡须
在那个年代也许是一种时尚

行走在都市街头
常常惹来同龄人的嫉妒与挑战
偏见和冷眼让它失而复得

弹指间，几十年的风雨洗礼
让我在慢慢变老的路上
能够不修边幅，放情丘壑

从青涩走向两鬓斑白
像极了那个又黑又长的夜晚
一张书签吞噬着我空瘪的肉身
唤起，一个诗人的梦

我为孤独命名

你必将离去
留下一张白纸演绎悲情
我在逝去的背影里隐忍思念

无须向世人告白零散的
旧事。让期待
放弃一个城市的喧嚣

窗前的栀子花依旧盈满流香
风收起我缱绻的皱纹
和无梦的夜

春天来了，我为孤独命名
放下内心的静默
接受一场柔情浩荡的抒怀

武当山

云雾缭绕，让朝圣的脚步直达一柱擎天
有关北方之神，羽化成仙的传说化作
风中陈词。龙头香铺满虚空

其实，我的到来根本没有过多的奢求
沉默早已让我根植于尘世的喧嚣

金殿之外岁月浸蚀的铜锈演绎生命的
绿色。道教众神包容世间万物

还有我的胆怯与渺小
飞升崖那松树上挂满的祈祷，一如莲的
空净。收起一颗颗慈悲之心

黄山行

当看到千年迎客松破石而出，躬首相对
尽显华夏礼仪的那一刻
一张城市的名片由此诞生

风吹鸟喧，云海苍黛，将一个个生命个体
完美呈现。仿佛人间尤物
让遗落的种子坠入山石的裂缝生根、发芽

一句“五岳归来不看山，黄山归来不看岳”
我不知用怎样的语言去抒写它的绮丽与
峻美。更让我无法全身而退
在人生的拐角处留下一道不可逾越的创伤

天宁寺

近在咫尺，让我充满敬畏
暮色于指间溢出赤裸的禅意

烟火诵经声中铺设隐忍
沉寂让我无法释怀心中的怜悯、悲怆

许一杯忘情水，锁住梵香心事
在我跪拜的路上种下一片绿色，心生广袤

让我走进你，放下前世的柔情和今生
浮华。还有身体里未尽的一杯烈酒

当我走进你，请接受我的善意与爱心
无论红尘冷暖，时光易碎

民丰湖

四季变换，每一次驻足都是心灵的救赎
站在生命的节点，我终将选择与它共度余生

孤独久了会使一座城褪去世故
让草叶间的轻柔多一些时间拥抱自己

我时常从江南烟雨的梦中醒来
油纸伞见证了初恋的季节和青春的冲动

我不停地奔跑，仰望蓝天
仰望高耸的塔影和一行行雁鸣

蹚过秋色淡泊，收起青丝白雪
让我屏住呼吸，饮下一湖如春的琼浆

阿仁诗歌写作中的抒情元素与审美构成

潘　京

当今时代，似乎一切都充斥着向扁平化发展的症候，阿仁的诗歌创作，却呈现出深度的情感表达意向。他的语言精湛，构思古雅，在诗歌现代意蕴与古典语境交融处构筑了别样的审美意境。其细腻的诗歌语言，简洁明了的抒情句式，极富东方审美意蕴。“纵有塞北游牧/长白天池/也难抵烟横华岳/玉碎昆仑的/空里凝望”（《试剑石》），浓郁的情感萦绕在诗篇的字里行间，让人感到其内心的情意，在深情款款的文辞中不断涌动。不知从什么时候开始，我已经把他当作纳兰性德一样的抒情诗人了。

他极善造境，朦胧的月的光影，明澈静流的粼粼波光，“秋”的萧瑟，“弦”的哀婉，都是他低吟浅唱的乐章。无论是借景抒情、咏物抒怀，还是托物言志，皆能融情于景。其语调含蓄婉转，富有韵味，几乎每一首诗的结句都充满着不可触摸的陡峭和跌宕，让情感敏锐的触角直抵浩渺无垠的苍茫岁月。“请昙花慢些铺进/一个梦/看它三面潮起/百年水逝”（《易碎品》）。在他的笔下，爱的“易碎”不仅仅是时代物欲横流的无奈，也不仅仅是少年不知情为何物的再三回首，那

“易碎”更是生命太短暂，感情太美好，俯仰之际，皆为沉寂的人类永恒叹息之声。是人类无法承受的爱之重，情之殇。

每个人都有自己爱恋的人，或曾有过不经意的错失和错过，这些经历往往一生都不会被遗忘。岁月沧桑，如今阿仁已不再年轻，也不再贫困，他的吟唱却依然如少年的歌喉，清澈，深情，炽热，真挚，感伤，惆怅。

我不确定这些诗如燃烧的青春
还是
一个儒雅青年
因为羞赧
而蛰居暮色的情书
孤影空持琵琶

天际尚远，别来无恙

——《见诗如面》

他常常以虚驭实，以实拓虚。把情感的波澜与吁叹化作岁月静寂无声的回响与遐思。空无一物的“长椅”是相思，“整整十本日记”是相思，而时光不在，斯人无迹，命运在不期然间变换，“只是月色啊/已无法与你浓淡/相宜”（《我们不能从夕阳中折返》）。生命空余无限惆怅，千千阙歌！

相信内心深处有一分未尽的真情，是诗人得以持续几十年不知疲倦于爱情诗创作的重要因由。正因为怀有这样纯粹的情感，诗人才一直葆有一份纯粹、真诚、难以释怀的情愫。最初情窦初开的羞涩，初涉世间的弱小资历，曾使他没有勇敢向前，但他是一个重情的人，他珍藏起一段美好记忆，让那珍贵的生命馈赠，幻化成诗歌王国一枝永不褪色的玫瑰。他的诗不落俗常，不为世俗所羁绊，冷峻、深邃的哲学沉思回旋在诗意之中。哲学思辨使阿仁的诗作，在日常生活的维度中，得以触及人类情感存在的本质和时间的重量。

生命如此短暂，四季轮回如果只是"一瞥"，而我们却依然怀抱着爱，这不正是"落日的慈悲"吗?！"弱水三千，繁华三千/只此青绿"（《只此青绿》）。

如果四季轮回只是一瞥
爱或遗忘
都是落日的
慈悲

——《残荷》

他的诗充盈着浓郁的画面感，就像他在《久违》中写的："提起画板，背起行囊/看潮起潮退。"他于天地万物间汲取一个个让心灵激荡的意象。有时候，他的诗如一幅细腻的工笔画，精准勾勒着他内心深处的影像："细雨三月，一把伞/打开心窗"（《无意的绝美》），"画帘低垂/筝弦两三声/江流之上是你的背影"（《秋风词》），"是谁在骤雨初歇的黄昏/枯坐/是谁在四季的行板低吟"（《因为悲伤》）。

有时如一幅幅氤氲的水墨小品。"岁月于/峻岭深处/寄半山烟云/一壶清欢"（《孤岛书》），"夏天都过去了，秋天都凉了/奶奶还在巷口/扇她的蒲扇”（《奶奶的生活》），“影子里的水木年华/亟待忘了/再忘”（《你需要一面镜子》）。

有时又像重彩泼墨，极尽笔意深情，沉淀着短暂时光的幻影。“看见你/坐在一盏灯下/我仿佛纳兰词的光晕 ”（《当我爱你》），“池塘被一层厚厚的绿萍覆盖/我用打湿的眼眶收起昔日宽广”（《站在岁月淹没的巷口》）。即使是写白菊这样冷寂的画面，也如重彩般厚重浓烈，充满视觉的冲击力：“我在夜里眺望菊花的白/这月下的一阕清词/指认苦吟”（《秋思之痛》），“谁划出灰云的/发际线/像沿着石阶消散的/我的/乳名”（《故园无此声》）。作为多年收藏水墨画的阿仁，或许早已熟稔水墨里浓淡干湿的审美奥义。他的诗如画，如一帧一帧打开的水墨册页。那些由心灵析出的抒情元素成为他审美构成的唯一。余韵绵长、清晰、激越，情动于衷，而不能自已。

植物园的沉默
不能表达春意萌动
青石板似乎渗透
一湖平水
琵琶与莲的相遇
终是
一壶孤独

仿佛古井
悠悠的辘轳声

——《守候》

许多人已然陌生的古诗词意蕴，依然在他的现代诗中若隐若现，那古韵于他也是生活休戚与共的一部分。身边游人如织的“植物园”可以入诗，寂寥悠悠的古井“轱辘声”也可以入诗，他写古体诗词，追求古体诗词的现代意境；他写现代诗，兼取古典余韵。他从生活中汲取诗意，涵养心灵，又让诗意返还于生活，点染日常。那些凝练的诗句、跌宕的音韵、隐逸幽缈的意境都是他的审美追求。就像既迷于现代诗，又流连忘返于古体诗的他说得那样：“一首诗之所以成为一首诗，是因为它的诗意，而不仅仅是因为它的某种形式，古体诗与现代诗都是对诗意的捕捉与表达且彰显着诗的内涵。”毫无疑问，在当代任何一个试图打通古典与现代关节点的诗人，都有可能成为一个独特的具有探索性的诗人，他的努力还会将他的力量源源不断地传递给同行者。那些形制精短的小诗，情感质朴，几乎像古风一样简约、自然，一派中国气象。在翻译体被普遍追捧的时下，有着三千年传统的古典诗歌被活生生地隔绝在我们创作的视野之外，这无论如何是说不过去的。不论他的诗歌是从哪里启程的，或咏志，或言情，或不知疲惫地吟咏对生活的希冀，他的探索都是可贵的。

那破空而出的平仄
是我唯一的季节
天高，水阔

——《我的山水只有一种姿色》

诗是诗人所创造的独立自洽的艺术世界。谢冕在《和新中国一起歌唱》中曾说，诗的“基本方式，应该是生活的折光。这种折光，犹如太阳光在三棱镜中泛出异彩一般。可以把生活反射得瑰丽而奇妙”。诗人为了表达内心独特的审美意识，通过自由的联想与想象，使他构筑的诗歌世界丰富多彩。在通篇的吟咏中，万物无不笼罩在爱的光晕之中。他的诗写充满感人肺腑的情感力量，在他的表达中既有一种地老天荒的苍凉，又有一股黎明般初始的郁勃之气，或许正因为如此，这份情感才拥有了唤起读者联想与咏叹的力量，它易碎却又历久弥新，既在生命过往之中，又超然于生命之外，由此成为其诗歌审美构成最深厚的土壤。

2023 年元月于黄河口